WALLI BOM

Gil SINCLAIR

LE MURMURE DE Berlin

© WALLI - BOM - Éditions du Lombard, Bruxelles 1994
Tous droits de reproduction, de traduction
et d'adaptation réservés pour tous pays.
D. 1994.0086.2969
ISBN. 2.8036.1088.4
Dépôt légal : juillet 1994

(*) Voir Mission Nid d'Aigle

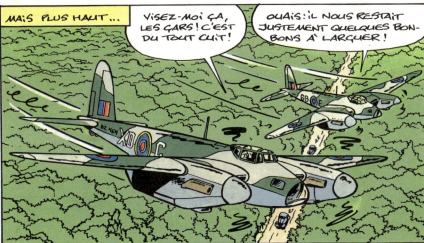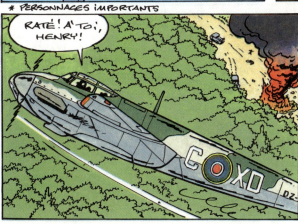

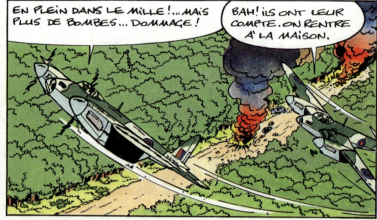

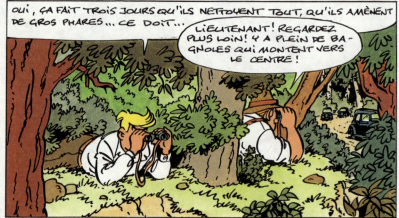

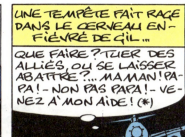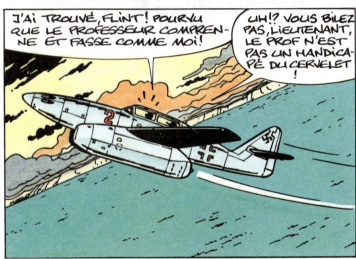

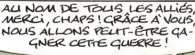